惑星のハウスダスト

惑星のハウスダスト

福田拓也

FUKUDA Takuya

水声社

目次

惑星のハウスダスト

草かげのストーリー

草かげのストーリー、ひるめのみこ、わたしいつまでもはなさない泣けなけなしの黄泉《よみ》、ストップのみちまで止まることなくいつもはいつまでもむしかえすこの穴ぐらからの俯瞰あるいは付随のふと股ぐらのくらやみまで歩をすすめの羽のはばたき風のみちまでのみちに草のうらがわに空から垂れ下がるあるいは突き刺さる空気のふと固まり入りこむやわらかいなかをわけて進むせかえる息のできないいつまでもここで窒息のすじたどるしがないふさいだはずの穴からっぽのほざいたちまちがふれまわったかい他界転軸ちゅうしんしてみるのいちばんはずしてますっかりあ止まった動きからまるすじというかひもなくだったと、と、ところんでるところまでずっとんだことになるものもな死んだったりつるつるの表面はつるところでここはこんでるこべの咲くふうわり地面はよまずはようしてじゃんルはじゃんじゃんと方言のくちはばかることな死人はほうむの方向に行くせいだからだのなかからだのまわるちかくにひそむりなはなしにしてもらさずひとつとしてもらうのはたくそぶりもみせずるずるとあとをつけながら地面にあとはとくちばしふきんのきんこうをとられて島のありか、はたずはたかず叩く肉のひびわれたあそこのそぶりかえす痛いはなしのきずぐちずとりはからずも島のふり、のみちの草とむすぶ草結ひどくおくレーテ河のみずからのまず、忘却のきしべ死出のした、しま舌、動きますするするとほどけのちかくまで地下にもぐるになったぐるぐるとまわりの回転ずる瞬きのふとひかけのみち、みちみちたなみのうちかえすのなかにふかくはまりのようにはねはうちはば空《から》のからだからだから、うえまで空まであがったらたらとたどる垂れるみちのしずくのじかにさわさわとざわめきつづける声だからぶりしたはずみにしたが埋まってしましまのもよ、それもよ、と言ったのはだれもようのだれきった火ふのやぶれめふれた線とひかれたとひかけにこたえた口かけこむけむりな体はじけるそくざそれそれたそがれのいきつけに息づくけはいはひわひわかれてしまっ、ひましにましになりつかれたからだのままねしたうごきはしからっぱしからんだ線のようにいろの体をそめてほそめにあけたすきです、ですます磨の浜に海水欲ぼうっとしたあたまには裸になりお、よっとあいしたと言うまにうまくはったひだひだのびたすんぽうはたどたどしくしくに波うちよにせるせいにしてんかいする行数はいつからいつかりてきたようにはやく目のなきだしそうならくにまでおちこんぽこっとあいた穴つっこむものもな死にたいなんてったってからあるくまでおれまでまが玉のようにすべりだいすきになるはずんでぴょんぴょんいく千ものぴょんぴょんつぶやかに、つ、つりがねのまねおしてはるかに、

しわくちゃの闇

しわくちゃのやみち果てしなしなとっくり暮レターに欠いた夕暮れ、みちる波なみ鳥た血の舌たたる呪いと引っぱっ立ってのひとことどこおりつらく連鳴る島のからから、とらえて森に幽閉ス、ッと退くなに？　蟹のあか空開くことなきを得た川のな、ガレ場の石ころ隣のくだりから読ムリに突っこんでま割るくちびるに干狩るひかりのぼり果てるくちばし輪たれ流す川の濁流に呑まれな差異に目をミハ山のあたるところ愛する人たちにまでのび野火に絶やす日のひ狩り出した動物たちの干しにくい肉ひかる闇にまで目のしずくしたたりつづけるきれぎれの闇の破片た血だらけの肉まで歩み夜のなが電話しちゃったらたらと惰性で歩み続ける線までひかる路線とそうでないそれぞれ覗いた目の穴からふかくれたまばたきわめていつ腿肉のふれはば隣のなりなって集まる歩みチャンとした人た血のながれるガレ場くずれたところに好き！まのぞけるのけぞった姿勢からからと鳴る枯れのハー、にわ、息、たここ血し内部にもぐりぐ林立する肉は知らないと転がしてほ寝ころんだ頃ころ、

惑星の塵埃《ハウスダスト》

ママの沼地にぼくは入りそびれた、浮かぶソ連団地の幻影の中に伸びる遊歩道まで宙吊りの臓物の空を食べたい、口だけになったの、ぼく、歯の生えた台地から光る葉先の伸びた突き刺すまで肉の内部の血は蜂文字だ、足りた足まで食べ尽くす歯になってぼくは裏返した胃袋の外側に空のひだひだが細かくそわっと動いている地溝帯、食べ物は粗末にできないから動く管となってぴゅうっと飛びたい果てに映ずる、瞳の影が大きく大地を覆うころ、ぼくのなかに何か食べ残した骨のようなものが音を立てて転がって行く、地面に跡をつけながら幽霊の足跡かきみは⁉ 叫ぶくちばしが突き刺さるのだ、空まで、壁の中まで、地層がやっとぼくの首に巻きつくだろう、首が締まってから死ぬのだろうか、無念の思いが煙のかすともなって灰の羽、浮游する、いつまでの方角に、ずっと海岸に並んで伸びる腸管の果て、破れた胴体の袋からうわずった地域の人皮紙を広げ、つながった文字たちが離れないから眠りの区域を押し広げたら夢のソ連団地、おかしな音楽から雑音までの道をきみと歩いたら足が地面側にくっついて歩くのは道たちが垂直におっ立って突き刺さった空肉に、空の肉はもはやないからあんかけ、粥状にまで混ぜ合わさる世界はものの区別もなく、きみはあんなところに首吊りに！　空の横壁、空気の木か枝を広げたらそこらじゅうがりんりんと響く耳の中がぼくだ、突っ立ったまま肉棒はゆるやかに手を握り、ママの沼地にぼくは入りそびれたから、沼地はぼく？　ぼくが沼地？　裏返した沼地から出るのがぼくの出たり入ったり、すぐれた砂地の方まで葦原が続いているのだから海岸がすぐの波音まで食べちゃわないで歩いて！　歩いてはりついた足を抜き差しならぬ沼地に残して白骨の骨格は浮游しきった、流れそうな体の裏側までこらえてみせたけど、大地はもう流れ去ったから内臓もどこかに引っかかって光っている錆色の空、空気の枝が突き刺さった、開かれた目が流動した、あとはめまいだけの視線となって引きちぎられないようにしてね、脳幹まで、うわついた発作ならすぐに出血までしまいこんで黄泉《よみ》のみちまで坂を下るばかりだけど、はがされた皮膚のなかで肉まで光るから空は星がなくてもすっきり星のような無数の傷口で穴を開けられた体はもう動かないでしょう、動くとそれが地震じゃないけど流動しためまいの回転だからほぐれた空の影までが木々に接続して古墳の丘が、ほら、ねじくれて飛び立とうとしても唸りを上げるだけ、根回しした夏の緑が宇宙の鈴を振るようなひぐらしの声に震わされたの、雑音のような波音までいくつの裸体をまたいだか、刺さってはうごめく体を出血したい願いにまで鳥の思いは高まったの？　高台が裏返されたから答えは地下でしょ、地下でしょーがなくて瞳がいずみ、目に映らないはるか奥底でかすかに動く光の発出がぼくたちの闇をまるで食んだかのようにはまるでしょ？　には？　庭までうごめいたことでしょう、もはやさいはてのママ、海に突き出した真鶴半島！　ママの沼地に入りそびれたのだから、ぼくはぼくとして入りそびれの沼地、裏返された旧相模川橋脚、脚なずみ空飛ぶ白鳥の空白、失神の浜辺に横たわる骸を食んだ永遠の白い歯の星空までめまいの螺旋がゆっくりと、あるいは急速に、ちりぢりになった空を食べながらぼく、宇宙の青くなった肉のつぶつぶ、惑星の塵埃《ハウスダスト》！

どこでもない場所

いくつもぶら下がる臓物群の闇をかき分けかき分け進むに連れて行く子供もおらび声の満ちる野道に跳ねるノウサギたちのはざまから覗かれる女陰の空光り、滴る血の夜を引き裂く激しい光の切っ先に触れた叫びはいかなる語にも容れることはできない、　繰り広げられる人皮紙のなかに言葉は書かれず気絶にも似た空白の夜をやがて泳ぎ切るクロールはない、　航跡ははるか眼差しのなかにまで閉じられた瞳の内部の光は愛となって空にまでさらされる風に吹きつけられ大地に広がる顔面は苦痛に歪み続ける活断層からずれの脈音が聞こえる闇夜まで血管の運河をクロールしないのか、　きみは？　さてはただの白い浮游物となって浮かびつつ世を渡る魂胆の白いもの、ほら、そこここにもはや亡霊のごとく、やがて肉を開いてその内部にまで入り込む、血管の網に巻きつけられ出血の空がか黒く波音を立てる夕べ、丸木舟代わりの体を伸ばして抜き身をしようとするふざけた舟となり尻を舐めて骨の巻紙を求めよう、尻の天体が空に大きくつやつやと光る岸辺にまで辿り着いたならそこで初めて丸木舟代わりの身体を脱ぐことをぼくたちは覚えるのであろう、人皮紙の巻紙はそこここで破れ、文字を知らぬ体となって、しかし体じゅう穴だらけのままぼくたちは埋める穴を探す、体に穴を埋める、そこからまた体の洞穴は洞穴でいろんなところでくっついて蟻の巣状に空の肉を穿つのだなこれがまた、三叉路で声を聴く道ばたに満ちる声は死んだ者たちの声だ、声帯もなくどこを浮游して声を出しているのだろう、どこをほっつき歩いていたの！　母の声が聞こえた、風が強く母の女陰にまで接近することができないので（二宮―国府津間で強風のためよく電車が停まるのだ）舳先を変え、どこにもほっつき歩かないぼくとなろうと決意して他の女陰を探そうと真鶴岬を目指したところが早くも女子高生の短いスカートの下で人間便器よろしくうずくまるとキモいとばかり通報されたので、どうせなら米軍基地に行きたいと相模線北茅ヶ崎駅が草原の中にあったことを思い出し大草原の小さな家が米軍基地の中にあったらいいのに、いったん赤い鳥居をくぐるとなんだか赤い鳥居ばかりが連続する女陰トンネルに迷い込んだ、これは既に目指す女陰の中であるのかあるいは目指す女陰はこのトンネルの先にあるのかわからない、いわくありげな大きな岩が置いてあるところに出るに違いない、肉棒握りしめ、気を確かにもって女陰トンネルを進むと黒いめまい鳥たちの翼がばさばさと進むぼくの骸を打ち据える、ぼくは弱気な悲鳴を上げてうずくまり再び人間便器の口を開ける、便器を拭いていたら自分が人間便器となったのだ、上空の大きな尻の天体が紫色に発光し、肛門がめいっぱい膨張しぼくは毛細血管が瞬く間に空を覆い尽くすのを目にした、これではめまい鳥の飛ぶ余地もないと思った刹那、めいっぱい膨張した尻の穴から巨大な下痢便が放射され世界はすなわち渦を巻く下痢便に過ぎなかったことが愚鈍なぼくにも腑に落ちた、空は下痢便に渦巻きそれはほどなく回転する北茅ヶ崎駅となり、ぼくの迷い込んだはずの朱色の鳥居の女陰トンネルまでが跡かたもなく流されたのだった、長く身を伸ばしてクロールの真似をすると何とかぼくの顔面は下痢便の流れの上に出た、それは空の顔面だった、顔のしわしわを辿り、ぼくは初めてそこに記された神秘の文字を体得した、褐色の波の打ち寄せる岸辺に辿り着くと、ぼくは人皮紙の破片をかき集め、自分の血で自分の体に習い覚えつつある文字を書き込んだ、血の運河を巨大な爪が光を放ちながら流れて行く、痛みだけが文字となるであろう、ママ、ママ、ぼくは叫んだ、上を見ると女子高生の尻がまだぼくの方を睨んでいた、女子高生はパンツをはいていなかったんだ！　女子高生が休めの姿勢を取ると尻は渋面を作るように思われた、やばい！　ぼくはあばら骨に巻きついたぼろぼろになった人皮紙の束をつかみ取り、ジャングルの中に逃げ込んだ、ジャングルの中が無文字地帯であることをぼくは知らなかったんだ！　沈黙の何年かを経たのち、ぼくはそのジャングルを出た、ぼろぼろの人皮紙を身にまといながらぼくの体は血管や神経叢を透けて見せるくらいに透明で稀薄なものとなっていた、ジャングルを出たと言ってもどこに出たわけでもなかった、まさにどこでもない場所に出た、人糞がミルフィーユのように幾層もなす巨大な蟻塚のような、バベルの塔のような人間便器に出たわけだ、そこでは空も地層の断面としてしか存在しないようであった、ぼくはそこを人類の図書館と名付けようと思った、今度こそめまいの螺旋階段を登りつめるんだ！　そして万巻の書を読む……その前に言葉を覚えなければいけないね、目の前にそそり立つ褐色の壁としてしかそれは存在していないけれども、いやその壁の向こうにも渦を巻くようにしてあらゆる曲面からなる壁が層をなしているのが見える、褐色の壁は不思議とその向こうを透かして見せるくらい透明なのである、そしてあらゆる壁面には無数の穴が開いており、そこからやはり無数の蛆たちが顔を出しては消えている、糞を食む蛆たちの発するぷちぷちという細かな音はそれが無数に繰り返されると耳を聾するばかりの轟音になる、これが言語というものの正体か、これを聞き取り、みずからなる人皮紙にこれを書き取ることがぼくの一生の仕事になる……旋回する粥状の人糞は突き立つような逆漏斗を形作り、天空にまでせり上がるようだ、髪の毛だけは糞に埋もれず風になびかせ、ぼくの額は空の青に接した、骨だけが下に落ちて行くのがよくわかった、とうとう自分の身体を脱いだんだ、空はやがて漂白した人皮紙をぴんと張った空、一つ一つの傷口が星となって光る、星座は絶えず作り変えられ、ある星座が別の星座に変わるその変わりめにのみ言葉が生まれる……、めまいのせいで脳の血管はぶち切れたし、魂はめまい鳥の翼でとうとうあの三叉路を目指す長い旅に出る、

灰状星雲渦巻く

女陰がまさにあわびのように飛んで来て口にはりついた！　ぼくは息ができなくなって、以来ぼくは言葉を忘れた、死んだぼくの魂はあちこちの森を浮游して鬼火とじゃれ合う白い小動物たちと同じように隠れる息となって出這入りする引き出しのはこ胴体、暗いトンネルだと思ったら息をひそめた影たちが、逃げ隠れした口が開いた穴と同じ草の生えたなかを骨の脚つっかえ棒にして、光る頭蓋骨に入れるものを探して肉の森まで手探りに臓物ひっつかむ勢いで逆に鼻から下埋もれて首に巻きつく腸管を辿る旅に出た、小刻みのジャンプ！　ひょこひょこ進むのと同じじゃん、細かく切ったものを含んで、揺れる袋、すべり出す睾丸の白く光る夜は記述できない表面だからすぐ裏に目が開く余地を残して砂の息、筋棒引いて進む、ゆっくりという見えない曲線を辿る指先切断のうき目は見えない金属の夜ちっ息、書いた墨、黒に黒、鏡の中に水面下ジャンプ森こもりくのハッとしてうずくまる裸体の記念に胴体置かれた余地、よちよち歩きのひっつかみ串刺しの枝肉、干した川筋は釘状の、うすぞらめがけて飛さんの礫動き出す、うねる蛇川の標本として地形図参照、ガラス状の太陽あるいは渦巻き飛散した、まばゆき睫毛に守られた球面を傷は動き分裂する夕べ、話す口は人たちっとも、もぐるひさかたにさかんにあいづちうつ身体の露骨をむき出した肉の断面まで鼻なしの鼻孔、河岸段丘を胴体にさらす目前を通り過ぎる道の飛び出す穴からもぐらまで塞いだ、管状身体地中に道作る動きは枝分かれする空気の木の揺れる木の葉に書いて乾いて、風吹き過ぎる地、めくられる空の色刷りは中吊りの地帯引っぱり長く伸ばす紐、管、蒸発するにわ、息苦しい紋様を吹き消したあの泣き声から塞いだ串刺し裂いた口の割れ目大きく広がり赤々と舌垂れ流す音域は夜明けの、まだ言葉にならない声なの？　もはや渦巻く顔面か空渦巻く、大地も空に引っぱられるようにして歪んで伸び切るだけ伸びれば千切れる破片、断片、切片の光、鉱物質の光を絶やさない穴の行き交いに千切れる森、息絶える川のささやきは百千の死骸となってどこでもない場所に積み重なる無限定のミルフィーユ食べる地形の臓物、うごめく臓器の空垂れ下がる夜まで血の回路を埋める肉粒の土砂、崑崙山脈だ！　切り立つ崖下の道を辿ると単色のみずうみ凍りつく、鏡のみずうみ白き山を映し呼吸のできない気管支の枝分かれ炎上する、上下逆のコングル山の雪の白が焼きついた臓器をもてあそぶ、屈原の飛翔が刻された岩の空が鈍い光を放つとみるや蜘蛛の巣の罅割れが至るところに走る夜明け、向こうの肉質空が見えて来た、これが裸体の光る夜明けの血流す川の袋状の胞子がいくつも、ぬるぬるのなかからはじけ飛ぶ子供の骨粒が空の肉に痛みを作るだろう、至るところ破けた袋が垂れ下がった森は火葬にふし、灰状星雲渦巻く惑星の破片となった、

骨の光

関係の獄中に入り、そこの割れ目からちょっと行くとっつきにささがに走るキュントス回廊、くも膜の向こうにか黒く光る――、ささり、揺れるうねるエーゲ海の深い青を縫いつける、肉膜のうちに消えたり現れたり走る針のう語気あら？　紀元前ホテル街の廃虚に迷い込み、迷路を辿るうち、割れる空気、吸うことなく鼻のない跡地にぽつんと、穴だけあいた浮薄を縫いつける皮を探して人川流れる痴人の死まで岸辺は続く酒匂川の土手を、な、つの出しまで蝸牛状の回路を破棄しませんからからと鳴る川筋振れども、すずなりの気泡ぽつりぽつりと壁面にあいた口の数だけしゃべりなさいとむりな命令したのねーっからムダしたくない絡まった筋をほ、ぐっとふ、ふみこんだまま抜けきれなくなった足は洞窟に、どうしよう！　頭をかかえるつるつるのどくろ山がか黒くかげる時刻までどこをほっつき歩いていたのだか、つつき回す人を探したら探しものが目に入らないというので、やみくもに突入した直角のもんだもん！ちょっと！　とばかりとば、とばないはずのものがないものだから飛ばそうと酒匂川にまで魂を飛ばそうとそうしたら、川床、にわ、血、まみれたものを掘り出す手忘れ、てからんだから引き出した紐状の迷路をくもの巣としてその向こうに乱射した、散乱した光の傷ばかり網膜を這うだろう、放射した網の目からすでに辿った道まで光る記憶を綱渡りしたぼくの迷妄を笑うなんて森の中に残してきた白骨の光を反射する辿るはずだろう、死んだ光はずして底から出る眼差しを逆に見る眼球を欠いた骨片だからいつまでもこの一帯をうろつく何らのきざしを光らない夕べところころを坂を転げる頭蓋骨となって光る時代と震えをいっきょに計算した網の目はぶら下がる死骸で垂れ下がり続けた、すーっと下に下がるあぶくを沼にまでもっていけないのだから、森の空に鱗だらけの皮膚といったものを破る水面が上昇するまま窒息した鼻が呼吸器を押し広げそのまま浮上したり沈降したりする、水空まで波打つんだから眼差しは言われるがままに、打ち上げられた岸辺の、取り残された笑いは海の森の乱反射として、傷ついた巨大な肉の表面を焼きつくす朝の星入れかわるとして、出たり入ったりの鳥たち、瞳孔に巣喰う、いったん岸辺を離れたら、よしきり上げる、上げたら木の、樹上の海、きらめく波をつぶる瞼の中にまで光は反転した空をくるめくめまいの天と地だ！　入れかわるまま体は裏返されいつものぼくは空の外側の肉であり血の流れる溶岩流、垂直に切り立つ海にまで化石と光る穴となりとうとう宇宙の青にまで突き抜ける骨の光！

過呼吸の風

死んだ天体の光る過呼吸の立ちかえり、惑星上の塵から発出するラジウムもいつかは人の体に入り込み、人の体はばらばらに惑星上の塵として分布しているんだ、いつもは見ているところが石の眼球に見られて散りながら動いている人の体としては何もひとつにまとまる必要はなかろうといつだってばらばらに過呼吸星雲なしくずしに渦を巻き、人体の呼吸からそうでないものの呼気にまでとぐろを巻く分泌を果たすだろう、この地球上の夜に帰ったら、そこは腐敗した植物の液状化した空間であるのだから、窒息の肉を食してみずから溶け出していく仕儀になるのだろう、だから帰ってからすぐに樹木の中を循環して骨だ

け脱ぎ捨てて光る芯になりたい、暁の焼けつくような光となって海の肉の中で
炭化した空の灰となりそこらじゅうに広がりたいんだ、風に吹かれるがままに
いろんなところに分散して自分も過呼吸の風となって見てはいけないものを見
る、

辿る日

体全体が複眼となったぼく、放射する光の輪が巻きつく空までくねりながら昇る山巻きの渦がはなればなれに間違った体を脱ぐだろう、そのときに極まる流れの果てはきわ縁取りまくれた裸体の位置設定まで果つる夜、骨りんりんと光る穴の道はぼく辿る辿らないつまで喪の時刻終わり逆の場所にまで転移した、光の森はなればなれに紙の空に接近したの星印、つまりつ真似したはずみの肉体をほつれるまでにほぐしたつ血管はてた裂き、波の届くところにまで骸の光る空洞消失れづれのつづらおり玉光るかぼそい声の辿りをよろめく流れ浴びたシオン立っての眠りいつまで昏く空の閉じるや身の世貝肉のくずおれるぐしゃぐしゃの空間はてのはてがそうかの道までいつ果て裂いた骨の中身が噴出する空削り、粉々の惑星流つまり拾うつぶ、くちばしの角度が叫ぶ夜明け灰の舌が宇宙をうろおぼえうろのなかおすすむんだからの表面つらぬく止利《とり》とも汝《なれ》は、息つく火まもなく灰の夜ごとはじける、体全体がはじけて複眼となったぼくは複眼は世界中に飛び散った飛沫がぼくのごく一部の粒子が世界だからいろんなところから穴のあいた体が光を放つ夜、眠りのうずまく空はてる止利とまる裂きの黎明とどこおるばらばらのや身となった知らないはての身となったたまふさいでつらぬく隠れた火のありかはぼくのいまに泣かれるこんど限りに叫ぶ島々、火の裂きは舌の名付けうるモノの名前ばらばらに飛び散ったぼくのいのほとりでやみくもに考えることもなか庭もくずと木えさりの火燃える山の折り重なる地夢見たはるかのぞむこうからまる愛の手をうつうつとうつつに見はるだろうろうと放つ声うつらに木超える島しま影のうしろに白くはつる骨のや身しばってるいつもの浴びたしだしに叫べ、た死、暗がりからのぞくものを幾千もののぞくものを燐光放つ底から無数の穴を発言してまるだしのぞき引き出す連なる連なりのとだえるころ、うしろにとだえる複眼のぼくのかけらが世界の光を集めた、いまわの時からいつまでも底にうずくまる陰険なまなざしの

影とかそういった、死んだ世界がいまはつるそのうしろの白い死かげから裏が
えったや身までぼくの裏側はもうはてはてだ、骨ののぞく木、生えた？　宇宙
の、空気に覆われた木々の底に、悲鳴を埋めたはじける名枯《なが》れ食べたひまでう
ごめくせ貝う身う寝る日まマまだぼく曲がってヨ未知をマ待って曲がりカ待っ、

息の木

途絶えた世間の消息をとたえだえの息で砂吹く輪曲がって行き着く島の他界を
ぼくいま見るしじまつまんだまなこの闇から出た裂ける木までいつ歩く呑んだ
さきのさきひっそりとうちはてるまちなんだここは、そこから先の消息を知ら
ないからいつまでもぐったそこから輪たしの輪からまるわからない島ひまだも
ぐらないうちによく発音したうちまがりの奥まで光は射さないから、穴ぐら正
解に近いところまで暗い黄泉《よみ》血をす済んだ体すてさりさり止まるとどまるあ死
にいら泣く無数の声うちはてる夜る波むこうに光る空の残骸おどる火の祭り吊
るす海、空を吸血するやわらかなくちばし垂れ下がる光いつまでも出血ス、ひ

ん死の死の世界からくずれさるすべての、命だけがあの向こうの穴から光りぬれる幾世かの骨、惑星のこなごな青くつらぬく息の木さりさりと、

ママ！　うちすてたママ残して風化した死骸はママ！　うちよせる波のまにまに、

火とのひと

燃ゆるかぎろひの地平に横たわるママの燃える燐亡そのものが立ちのぼり骨の故地にぬぐい去るものもなく築き上げた骨格の山から覗く何ものの影と目が光る、荒れ地のさくさくした土を踏みしだくようにして草たちは絶えず移動して流れるつぎはぎだらけの大地が離れてはつぎ合わさる動きに合わせてかちかちと鳴る歯ならび白く突き刺さる空の肉萌え上がり痛いまなざしまで伸びる人たちになりた石のはざまに通る風となりの窓からのぞいている顔の重なりまで踏み歩くなけなしのあ白く乾いたちが一緒に歌う肉身の歌まで遠く視姦するまなざしの連なる、これは言の葉さやぐ別の地だ、幹の中を空を吸い上げる地の口まで運ぶ、ざわ、ざわめきの地を発音する口の動きまで、空気自体が翼で揺らぐ、鼻の欠けた大地、すべすべしたすべなき表面をくちばしうがつ、渡る火と、揺れる、ゆつ眞椿《まつばき》光る川の屈曲よ、光の運ぶ言葉で連なれ、と叫ぶ、こすれる地のはざまから肉棒の幻まで伸びる領土は縫い合わされない、手の、手の揺らぐ影、こんどは無数の手が海のかなたから呼んでいる、まねいている、燃ゆるかぎろひの、白い領巾《ひれ》振る、白の揺らぎだけが増殖し始める夕刻の悲しい声を耳にする火とが分断されてかじろい弄するつんざく裂け目まで叫ぶ夜の領域いちばん早い時間まで待てないからからと鳴る枯れ枝のトンネルに絡まれた肉身まで食べることかなわぬとばかりの姿で歩くだけた割れ目には待った火とくちばしのやわらかな夜、火とは今にも消えかかって揺らぐのみである体、立ちのぼる灰状の塔と空にめりこむその火とたち燃ゆるかぎろひのそのなかで横たわる灰のママたちはもはや海のそくへの極みだからいつまでも寝ている、揺れる草の話す言葉が聞こえないと骨のかたちに崩れて行くあの空光る星のかたちにいつまでも切り取られた肉の部分だけ光った骨むき出しにね、伸びた光の骨が空にまで、そして海にもうねりのさなかにいろいろ木のかたちが突然つき出した伸びる涯まで倒れた光とぼくたちはもはや伸びる砂、さらさらと鳴く鳥のとらわれた地はてに動くかたち消え去る海のざわめきのかなた、ぼくは火とを見る瞳にまで昏く潜る何も見えないという言葉のなかまで分解する木と葉、肺の呼吸、ふさぐ傷口といつまでも何かをしゃべるだろう何の気なしにふさいだまぶたまでまたたいた空の空気と光を記憶する水面のありかを踏み外すむき出しの石段、そして肉、痛い夜明けとして失念するすべて、そしてすべてが新しく始まるその日の朝、まだ開かれない体が少し動くとそのなかで鼓動する鳥のまのあたりまぶたを閉ざす夜の気持ちこそまだ動かない砂の流れから大地へと夢見る宇宙の火と星たちと化石となったこの石状のいろいろと少しことなった体、開く肉のマグマと燃え上がる火とひと、

一枚の手紙

ぼくの運命は一枚の破られた手紙のようにつぎはぎの走る火、火の玉、うまくかみ合わない地図が頭蓋骨のように光る山の辺の道、ふるえる山の端、空気の響き、谷間に覆う裳のようなものたなびき、振り返り山見えず道の隈ことごとに、泣くこの子、置き去りにする石打つ空のはるかな響き通り越し、沈黙の彼の地まで歩み行く何のひび割れ、湧き水と涼しい、穴の走る夕べ、抜けた迷路にわかに巻かれる山の管、道は光り行き、風のさなかにぼくは揺らぐ発光体と草、茎！　はじけ飛ぶ蛍のような、わら、笑う子供の顔だけが薄れて行くこの道の、空、走る日影に白いたなびき、タンポポのはぜるいつもの、いつまでの、水平線にほら、横たわる母の、裸体！　石のように光ってる、笑い！　失笑の浜辺までぼくは骸を引きずって、いや、その骸まで、歩む歯もなく、光る大地に半ば埋ずまって半身、ぼくは！　いつまでの浜辺だ、打ち寄せる渦！　巻き込まれてはぜる亀甲体！　宇宙の半身はあの笑みだ、垂れ下がる空に、あるいはぶら下がる、オーロラ！　わきにいつまでもの裸体はじけ飛び、飛んで行った鳥の流れ、鳥は流れだ、いつまでも、ぼくとか、むしろ雨とか、しとしと、これは雨じゃなくて足音、みんなで歩いてく、死んだ火とたちが、火の玉となって、ぼおっと白く、木々のさし引くところまで、いつまでも逃げて追いつけない森のはてまで、海もなく干潮の、砂白く光る、鏡面の闇のなかまで失ったものたちが息をひそめてる、ぶら下がった皮膚の地図はもう役に立たないから、残ってるのは切れはし、破られた手紙のような文字の夜、ぼくの運命はつぎはぎだらけにさまよう昏い眠りの、ね、むりの、むりなあらがいに身をまかせ、骨さし引いた白い夜をあながち燃え尽きることなく火とたちは水に映す影、

通信

やぶけた手紙のような土地をぼくたちさまよい体もばらばらの紙片みたいに白く灰色に揺れ動く木の葉の大きな空をぼくたちみたいに手づかみできないひびわれた、こんな運気じゃあとでまかせ喋ってぼくオーロラと低空飛行のひだひだ危ない土地までゆーよくしてもぐりこむ臭い場所、ママ、今ぼくを生んでみて、の夜ふけにやぶけた土地から飛び出すマシーンみたいに光ったその頭を叩いても音はしないのさ、さ群竹《むらたけ》振り返り何も見えずの空気そのままぼく、動く山までたなびいてネのいつまでも、ぐりぐり震わす島の根かわく日まなく火と火と、跡を残して火と火と音がきこえる、ひかり取り鳥にまで空飛ぶしぐさ生えてきて砕かれた土縞模様見て叫んだ日まに、あけすけの夜いつまでも中に火、走る火の焼き尽くす手紙ようの地図と地、行ったら底抜けの底まで落ちて行くつもりはるかに渦、渦巻き巻き尽くしたはてに目開く火ともなく、つまりはよどんだ土地として水の流れに抗してつもる不時着のつる果つる岩場そのものとそっとしたけはいのなかで流れる土地をはるかに通信する、

髪絡まる

髪の絡まる灰白の土地を遠く離れ去り、どこへ行くというあてもなくさまようのみの風信にさて果てる先の地図もたず、破れかぶれの図式だとばかり跳びはねた島、しまった木々の葉からこぼれる光と風のおろそかな不始末をぼくたちひとり火とりに行くその先はてる流れを突き止めたい、絡まった髪の風景を動かすひび割れの指し図まで移動中の骨つき出した岬をつむる昏い隧道、塞いだ穴の肉を食べた日はいつの火かりたまなざしを廃止しようと灰まみれのあの日までいつ歩行したのですみかはあてもなく行ったり来たりしたまま、あそこの濡れ具合から光るまなざしの丘までぼくたちは岩だらけの道を辿るしか脱出のはてもなく極み、しだけてしなだれた体の踏み場もない島のあくがれ出た先はその石だらけの川か、サイクリングロードらしきところを歩くエンディングだ、のように見えたまで、知らぬ存ぜぬの浜辺まで砂埋まる肉塊を掘り出してみせたいとは思っても水平線の極みが盛り上がって上から迫るように見えたので鈴なりの顔を垂直の海に画像した、みんなが喋り出す、その言葉というか雑音がうるさいので、そしてざわめく沈黙がもっといやなのでぼくは逃げ出したく思うが、組織を離れて生きるあてもないからおとなしく木の葉さやぐ蔭口のよるべまで地獄の入口の坑道とばかり辿るのだ、せめて水の流れを欲したところで、明け方の空、灰白の髪の絡まる光景まで股開く蟹の空、大きく呼び込み、気管支の枝分かれ空の中に根を張り、支根の放電するあいまいな時刻、島々は初めて海を渡り濡れた砂は一面の鏡のように空のはて、よもぎの生えた土地を揺らす身震いの記憶、目をつむり確保された光景ばかりつぎ合わせるのはつぎはぎだらけのぼくの肉体、揺れて骨突き出すあてに黎明、空の横たわった大きな女の人の裸の身じろぎに波打つ、ふさがれた涙を流す目まで歩いた、石段を降りて行くとまさに冥府の滝壺に金色の滝が流れる髪の毛を模倣して霧で覆われたページの中を息をつまらせて読む盲目の文字数、骨の組み合わさった漢字だよって誰かの声が聞こえの画数を飛ぶとりとなって今割れた地平をうがつまなざしとひび割れの熱いまぶた閉じられないまま、ひとりの住みかにひとりでたわむれ文字のありかを探る髪の毛の絡まったあの裸体を目指して火のありかを、

静かな海

組織で肩身の狭い思いをしているせいか、思いのほか、歩いている廊下を、新旧入り混じる建物の中を迷路のよう辿ると突然屋内の墓場に出る、こんなところに誰が、何かのまちがいだろうと思うが、誰かの設計ミスであったとしてももうどうしようもない、そのまま歩を進めて墓地の中に入るとその小道も迷路のように入り組み、屋内は屋外となり、その逆もまたありで、丘の斜面を登る頃にはすっかり日も暮れていた、うっそうと茂る常緑広葉樹に覆われた小さな庭先に夏蜜柑を実らせた古風な家があるが、そこには入れないのでそのまま石段を登って行く、枝から無数の蛇のぶら下がるジグザグの山道を過ぎるとまた小さな庭先に夏蜜柑を実らせた家に出る、それを何度も繰り返したあげく、小さな庭先で放心したまま目をあらぬ方角に向けると、こんな上まで登って来たはずなのに、海がすぐ庭先まで静かにひたひたと迫って来ていた、もう終わりだと思って再び振り返ると先ほどまで木の雨戸が閉てられていた小さな家の雨戸が開けられていて、思ったよりはるかに広い座敷が奥が全く見えないくらい暗く口を開けている、土足のままその座敷に飛び込むが、どこまで行ってもその座敷は終わることがないのである、しかもいつまで歩いても灯ひとつついているわけでもないのに、座敷は決定的に真っ暗にならないで夕闇の微光を留めているのだ、その微光もようやく尽きようかというところまで歩いてとうとう絶望して坐り込もうかという時にふと見るとちょっと先にぼおっと白く光る薪のようなものが置いてある、相当近くまで行ってよく見るとそれはどうやら胡坐をかいた姿勢のまま崩折れかけた人骨に他ならなかった、叫び声を上げて元来た道を引き返して駆け出すと、いつの間にかぼくは泥だらけになって足を滑らせながら土の斜面を登ろうとしているところだった、大して高くもないその斜面を登り切ると、ぼくの眼前には意外なほど遠くに意外なほど明るく静かな海が開けているのだった、

巨大な女

その光る白い裸体を包みこむようにして見ようと思っても身じろぎの浜辺にぼくは精を漏らす、眠りの中でもはや身動きすることもできずやがて砂として崩れるぼくの体が消えしなにぼおっと光る微光を見逃さないのがあの女の目だったろう、女はぼくの死にぎわの光をしっかりと記憶するとそれを何度も反芻して歓びとする、その歓びは静かな波となっていつまでも打ち寄せるから女は海の中で深く眠りつつも体を目いっぱい押し広げる、女の手足はずっと伸びて陸地にまで根を張り草木を茂らせるから、そこを通る風もまた草木を通して女の記憶を宿らせ遠くまで運ぶ、空に印字する女の名前を読むまなざしは幾多の人たちの記憶となってみなそれぞれの名前から女の顔と体を想像する、しかも女の名前は誰も覚えていない、想像されたさまざまな女たちが受肉したら、それを想像して精を漏らす者たちがいる、その後の膨大な眠りの中で滅びる世界と新たに生まれる世界、水泡に洗われて闇の中で巨大に盛り上がる島がある、その生誕の轟音がすべての鼓膜を破るので世界を支配するのは沈黙のみとなる、やがて巨大な女の尻のような浜辺が現われ、そこに打ち寄せる波が女の尻の毛を舐めては退く歓びを味わい、無数の波たちが秘められた女陰の入口で精を漏らしては海の奥まで退いている、浜辺から底なしの地下にもぐる女陰の入口から覗くと闇の中に無数の星がずっと遠くに瞬いている、

骨がらみ、ママ！

ママの骨がらみツイッター詩として、しとしと雨とも雪ともつかぬものがこの丘陵地帯に、昔は東京もこうだったということは東海道線に乗ってみればわかる、窓が四角にあいて、そんなこと言ってもわからないだろうけど内装が木でできた湘南電車がなつかしい、鶴見のガード下がバス置き場になっているのは昔も今も変わらない、ママの骨がらみ海岸付近を走る梱包状態のまま昔風の海岸を乗せてママ、海壁は盛り上がり、垂直に倒立する空の流れのはて、ぼくという流動体までが電磁波にしびれ、はては微細な管が脳髄の内部に枝分かれする金属質の感覚、走り過ぎた人生を終わり、呑み過ぎの体はゲロを吐く桃色の、桃色の陰茎振り回したい年頃ですから、やわらかな草地に頬を寄せあぶない投げキスする夜半、月の影から女の幻、すらっとした肉体美、裸体の白い朝を食べる日まで伸びるぼくの陰茎、文字通り陰の茎として地中を這うぞ、植物を繁茂させ、ぼくたち一人前の少年だ！　少年用のブリーフを取りそろえ陰茎をはみ出させたいだけなんだ、ブリーフの中に精を漏らすのはいつの日のこと？　ブリーフの内側にべったりとはりついた、エナメル質の白い表面がきらきらと光る朝、
なごやかに円陣を組み
海のヘドロを身にまとう
暮れ方の装い
蛾のように飛んで行きたいくらい
夜の流れを裸の中に光らせて
ぼくたちのひとりひとり
つまりぼくの流動体は一千百体の模倣を積んだ
草の斜面
読経のたゆたいの煙のようななかに

消えていく肉体
海の暮れ方
証明するのがしょうがない
ママの骨格ばらばらに
アソコはどこ?
骨から陸地が萌えている
波のまにまに
浮かぶ瀬もないぼくの体
走る島が溶解する
ほどけた大地は
受信しない
死んだママからの送信を
夜空の浮かぶ瀬
女陰の星々ひっぱって
言葉をしゃべれなくなったぼくが
またアソコにはりついて

もぐりこむ

夕べ

ぼくたちはついに脱皮して空にぶら下がるはて揺れてほぐれる地平線、すべてが崩壊するなんて日のぼくの準備がすなわちそこはかとない言葉となって口にはりつく夜までなんだ、飛んできたママのアソコの草深い入口までいつの日かどんな道を通って返り見せず、真っ暗な穴に這入り込んだ風《かぜ》のぼく、骨こなごなとなって風に散る、楽な境涯、みんなが見ているよう誰も見ていないような、草木を揺らすだけなんだよ、それがささやき、それが会話、そのときそのときの、悪い奴もいればいい奴もいる、それは生きた人の世界と同じ、風となってついにしのび込んだその穴は真っ暗な中にも壁がでこぼこしていた闇の巻物のような文字が書きかけのまま続いているんだ、ひゅうっと音立ててぼく、文字の中に侵入した骨がらみ、ママ、ママから教わった言葉はすべて忘れて、骨がらみ大地から伸びるぼくの陰茎とママどこまで?　ぴゅっと精をほとばしらせて、ぬらぬらした表面が白い空、骨がらみママの鳥が飛んでいる、

夜の流れ

揺れた鳥のはて、岸のさなか、こわれきった海岸に落下する大地のしもじも、
空ゆきのはずかしい流動は、光となってすばやく、ぼく、それ、ほしいです、
くずれかけた肉体でぼく、砂の中にすわり、あくまで骨粒が肉の闇の中に光る
星屑のはての音楽、星座とはぼくの身体に打ち込まれた痛い流れ、そのはての
乾燥の地にぼくのかげはたった一本の木となって朽ちはてる、その影だけが大
地に生きる、遠く岩石砂漠まで歩けないから、骨くずれ、ついに肉体じゃなく
ぼく、ママにもう一回生んでほしい、もう一回あの闇の産道をすべり出し、光
の中に血まみれの肉塊、骨がらみママ！　光の隠すすべてがぼくの境涯である

ならば、あのソ連団地の砂場でぼくいつまでも、ほしいものは光る星とこれはツイッター詩、夜の垂れたぼろぼろの皮膚をはがすことなく、つまり骨の光となった立ち上がるぼくのすべて肉を破り、闇の光の血まみれの、地平の炉床にママ燃え上がる、裸体を覆う火となって、火と、ぼくたち夜の中で骨光る夜、灰の中で青くしずまる骸のまぼろし空からぶら下がり、揺れる脚のさなか海を夢見るまなざしがどこか遠くから眠りにつく、つきますとぼく、口を開いたら口がちくちくするからもうダメだ、悪いものが入ったから体の中に、とっさにぼくは草の土手をすべる風、自分の肉と骨を運ぶ夜の流れ、川となる、血の流れとなる、河原に言葉が満ちるところを難なく通り過ぎると病院の非常口の向こうの光の果てだ、あとはまた戻るだけなんだ、空を飛ぶのはもう終わりだ、移動ベッドに横たわりつつ、光の中に飛び込むことに失敗したぼくがもぬけのからの毛布の中を覗き込むと、もはや誰もいない骨と写真だけの夜だ、愛する女《ひと》よ、そこで手を合わせないで、ぼくが風になって窓から侵入しようか、あるいはただの夜の流れとなって木々の闇の間を永遠に渦巻くんだ！

乱打音

つぎはぎだらけの肉体を脱ぎ、ぼくたち骨の青白く光る夜となる、血の川
流れるはてからぼくたちの蒼い骸は島となって盛り上がり、

いつわりの境涯を生きて来たぼく、今とうとう裸になって桃色の陰茎を振り乱
している、乱打音にまぎれて到来するうねうねの大地、道すじをつくって流れ
込む空！　光の芯！

突撃したとりたちのまぎわに暮れ残る地溝帯、帯状星雲の乱脈にぼくたちあお
られて息もできずに辿り着いたはて、見渡すすきまなしにつもる宇宙塵、そこ
ここで燐光を放つつぶつぶつぶの眼、つぶれた空と風穴の吹く通り道まですでにく
びれはてぶら下がる、

また戻って来た止利《とり》の離れ離れに砕けた顔が見える、顔の向こう側に何もない！　空白の露出は空だ、それも壊れた空だっ！　縫い合わせる止利を書き言葉で黙せないから裸のまま肉を脱ぐ、肉を脱ぐ、骨の露出まで急ぐ道々、ぼくらの足を模倣するのはそれとない雲雀、巻紙の草の道がなくなるといつもの海岸まで巻き戻し、岩の地帯に滑り込む光と水の、はてに想像上の海きらめいて目のなかもぐる肉の開きに

交錯するまなざしのぼく

ぼくに対して感情的にならないでと思う矢先に家族のような空間で息のできない思いをふさがれた穴としてうずくまる光の裏側をすき見するいとまなく鳥たちの通り抜けるどこか知らない出入り口の空から大きな口の開きまでぼくの言葉の領域とはどこからと問いかけながら走る道のうねうねをそこはかとない流れに身をまかせた浮き身だけの体があちこちから穴を呼び出す声に痛くなる空間、膜の前後する風穴としてぼくの、骨突き出す台地の崩れをひたすら滑走する姉の流動体をとらえるのは明け方のひととき白く震える体から血の反照する岩壁までぼくの失血は辿る、文字の連なりと位置関係のまぼろしをどうにか砂の模造に変容したたたる空の舌動かす、ぼくに対して感情的になる人たちが、火と火とたちの火となって縄状に燃え広がり、燃える木のまぼろし浮上する肉の焼けた夜の臭いに思い出す、南京の焼き豚、血の運河を飛び交うコウモリ、コウモリは墓石のようなソ連団地の芝生の上をも飛んでいた、そこから帰る場所もなく、ただひたすら石の階段をどこまでものぼっていた、あるいは海へ、いつまでたっても着かない海へ、干潮のまぼろしと満潮の高い波、波をくぐるサイクリングロードはどこまでも、人のいないぼくの世界、それはとても単純で、花水川沿いにいつまでもサイクリングロードが続くばかりなんだ、人のいる感情とか情動の世界をひたすら逃げまくってきたばかりなんだが、家族というものがこわれている、その大きな喜びをぼくたちで、それでも至るところで村とか家族とかのやばい危険信号がともっている、逃げることができない場合にはしかたない、死んだふりでもしてるしかない、死んだぼくの体としてぼくはぼくの体を人目にさらしつつ動くしかない、さまざまなまなざしの交錯じたいがぼくとして新たにこごって、それがぼくの肉であり身体となる、それは家族とか組織とかが必要とするぼくの肉であってぼくの身体であるわけで、そんなものはぼくには関係ないと言いたいところだが、実はぼくはそこにしかいない、そこから脱出することもかなわないまま、ぼくは歩く組織なんだ、ぼくがいないと家族とか組織は崩壊するはずだ、奴隷の弁証法か……、ぼくは奴隷か、そんなことはわからない、まなざしの交錯としてのぼくの体、多くのまなざしが絡み合って腑分けすることもかなわない夜、人のいない世界に出ることもできなかったんだから横たわるぼくの身体、地面に光る眼球の群れ、灰の組織をまたぐ何ものかの影、ぶら下がる巨大な睾丸、燐光を放ってすでに灰と化したぼくの体が痛みをおぼえる大地に泣き声を上げる、喉の奥にひゅうひゅうと風が通り、霊が何ごとかをささやいている、その言葉もまた木々を揺らぎ、アジサシの告げる山と呼応するぼくの臨界、噴出するマグマ状のものまでひとつの季節に歩けなかった、すでに大地はぼろぼろの垂れ下がる風布《かぜぬの》にすぎない！　まくれ上がる風布のすき間からわずかにのぞける明るい空、肉の痛みを語る新しい言葉が宇宙に触れた、

下に交錯する骨絡みまなざしの死体がまだ煙を吹き出す夜が灰の朝となる身体に焼き尽くすような火が燃え移る、大地の凹みが叫び声を上げ、新たな空間が巨大な火傷として誕生する、

呑み込んだ空

火傷痕《やけど》としての空間をさまよい、その小暗くさまざまなでこぼこを閲歴する朝の凪としてぼく、膨大な記憶をたずさえた上で、どこかの空の巨大な石版にうがつ鳥の回路、火の記憶がさまざまな土となっていろんな場所に埋めこまれた骨といっしょにぼく、うろうろする穴の道として空の肉をも掘り進む、そして火のまなざしは目をつぶし、つぶれた目の広大な跡地を遊び場として育ったぼく、すくすくと崩壊し、土砂崩れ状のぼくが放流された川は泥の色の長江にまでつながる、洞庭湖を書きたいという夢にうなされたままぼくは武漢の地に、長江大橋をいつまでも渡っていた、そこで知った漢字の金色に光る夜、ぼくは初めて脱皮して朝の白魚のような体に金印を押されたんだ、痛い紙面がぼくの体として文字の回路からさまざまな木々とか空とか光が覗かれた、風景を飛ぶ鳥が呑み込んだ空が今ぼくたちの上で光っている、

——光る目の脱色されたその奥で宇宙の黒がいつだってまたたいているんだ、

星の名

ぼくの世界に女はいない、女は、全く平静な想像もできない静かな水面として
ぼくの全く知らないどこか別の世界に広がっている、ぼくのしばしば空想する
女や女の体の破片はしたがってぼくの妄想の産物であり、ある意味男にすぎな
い、でもそんな男にすぎない女の体の断片を空想して一生を費やしてきたこと
も事実なのだからけっきょく男は女であるということになるだろうか、ここま
で考えてきて、ぼくはある女の陰門からその奥深い渓谷にまで這入り込もうと
しているのだ、それはときにまったく水の流れていない岩だらけの谷間にすぎ
なかった、表面の紋様から察するに入口は入口にすぎなく、そこからほど近い

森からすぐに出口に至るときにはすでに夕刻の海が光っていた、岬のあたりでぼくはすべての言葉を忘れた、ひとつの肉のかたまりとしてぼくは夕空の中空に光ることにした、そんなクロワッサン状の天体がぶよぶよとしたやわらかな肉であることにみな驚いたのだから、肉は燃える火柱として海面を萌え上がらせた、

星の名をきくささやきがどこかべつの宇宙で、まったくべつの光をよびおこした、

ウランバートルの死

いつだって女の体の断片を風景のなかには目コン川の支流をのぼり延々と目を光らせるものたちのひそむ叢林かくれた日にクレタ島の地下迷路を辿る動物としてぼくの肉は燃える、突き刺してくる切っ先はすば焼くぼくの体の形骸となった穴から果てしなくくだるみ血したたる闇の奥まで光る目は、いつだって女の空《から》だ風景ひかる風のなかに流す瞳と暮れた手のうごきよく見えないからぼく、血潮の寄せる浜辺になづみ足のこしたまま消えた白骨のおもかげ海の上に、あるいは波の下に道ひらく、空のきっさき静かにはめ込む肉の断片と土地、水平線からさらにはばたく鳥の影、

かつての日本の団地はソ連の団地を
そのまま真似していた
と東京新聞で原武史さんが書いていた
その日から
自分の育った茅ヶ崎の浜見平団地を
ソ連団地と呼ぶことに決めた

そう言えば
タルコフスキーの映画「惑星ソラリス」の
バッハの美しい小曲を聴くたびに
浜見平団地の集会所の前の
あっけらかんと明るい広場の光を
思い出すのだった
母に連れられてそこを歩いていたこともあった
広場の明るさが何かまやかしめいたものとして

残っている

ウランバートルの中心部にあったペンションの部屋も
要するに団地の一室だった
冷蔵庫に一晩おいただけの肉饅頭《ボーズ》にあたり
尻からオレンジジュースをそのまま出して
死にそうになった
もう死ぬんだと思って
幼児期を過ごした団地とそっくりな
その団地の一室で
ノートにいろんなことを書きつけた

そこでぼくは文字のなかで死んで
文字の闇のなかを移動する
いつしか草原をわたり
ゴビ砂漠の土ぼこりとなり

轍のなかでふるえる
夜明けとなる

ぼくのばらばらの体が
息吹きにゆらぐ
風景に拡散して
空の声を
呼び出す
蒼い岩肌となる

宇宙にむき出しの惑星が
接近する光に

惑星のハウスダスト

二〇一八年二月二〇日第一版第一刷印刷
二〇一八年三月三日第一版第一刷発行

著者……福田拓也
発行者……鈴木 宏
発行所……株式会社水声社
東京都文京区小石川二―七―五　郵便番号一一二―〇〇〇二
電話〇三―三八一八―六〇四〇　FAX〇三―三八一八―二四三七
［編集部］横浜市港北区新吉田東一―七七―一七　郵便番号二二三―〇〇五八
電話〇四五―七一七―五三五六　FAX〇四五―七一七―五三五七
郵便振替〇〇一八〇―四―六五四一〇〇
URL：http://www.suiseisha.net

印刷・製本……精興社
装釘……宗利淳一

ISBN978-4-8010-0326-2